鬥嘴一班 22
再見小海龜

卓瑩 著

新雅文化事業有限公司
www.sunya.com.hk

人物介紹

高立民

班裏的高材生，為人熱心、孝順，身高是他的致命傷。

文樂心

（小辮子）

開朗熱情，好奇心強，但有點粗心大意，經常烏龍百出。

江小柔

文靜溫柔，善解人意，非常擅長繪畫。

胡直

籃球隊隊員，運動健將，只是學習成績總是不太好。

黃子祺

為人多嘴，愛搞怪，是讓人又愛又恨的搗蛋鬼。

周志明

個性機靈，觀察力強，但為人調皮，容易闖禍。

吳慧珠 (珠珠)

個性豁達單純，是班裏的開心果，吃是她最愛的事。

謝海詩 (海獅)

聰明伶俐，愛表現自己，是個好勝心強的小女皇。

 # 第一章 公園不是公園

　　還有一個多星期就是聖誕節了。

　　在這個歡樂的時節，本來應該是寒冬先生展現他一身看家本領的最佳時候，但不知為什麼，他今年似乎特別懶惰，一直不願意多露臉。

　　秋風姐姐只好繼續緊守崗位，令大地一直處於秋天時的清爽天氣。

　　氣候反常本來不是什麼好消息，但對於愛玩的孩子來説，清風送爽的好天氣，反而是郊遊的好時光。

今天是藍天小學的同學們期待已久的旅行日，文樂心興奮得徹夜難眠，大清早便一個勁地催促爸爸，希望他能早點兒帶她來到集合地點——西貢碼頭。

當文樂心來到集合地點，跟徐老師報到後，便迫不及待地跑到碼頭旁邊的一道欄杆前，向着眼前一片碧綠的大海，起勁地揮着手打招呼道：「嗨，大海你好嗎？好久不見啊！」

嗨，大海你好嗎？
好久不見啊！

江小柔也喜滋滋地說：「早前為
了應付考試，一直被迫窩在家中複習，
今天總算可以出來玩個痛快了！」

　　文樂心抬頭迎着海風，滿臉期
待地問：「你們知道我們今天要去的

地質公園，到底是什麼樣子的嗎？會不會有大型的攀石牆或繩網等設施啊？」

高立民不假思索地搖搖頭，裝出一副很有見地的樣子說：「既然是地質公園，顧名思義當然全部都是岩石，怎麼會有繩網啊？」

「一個只有岩石的公園？」無論

如何左思右想，江小柔也無法想像一個這樣的公園會是什麼樣子。

吳慧珠也有一種被騙的感覺，努起嘴巴自言自語道：「『公園』理應是供遊客參觀遊玩的地方，既然什麼設施都沒有，為什麼要叫『公園』？這分明是在騙人嘛！」

旁邊的徐老師連忙解釋道：「香

港地質公園並非一般的休憩公園，而是被聯合國教科文組織評定為世界地質公園。公園的範圍相當廣闊，共佔地五千公頃呢！」

　　吳慧珠聽得一頭霧水，迷糊地搔着頭問：「五千公頃即是有多大啊？」

謝海詩托一托眼鏡道：「你連這個也不知道嗎？一公頃的面積，就是相當於一個標準足球場的大小啊！」

　　文樂心和江小柔都吃驚得睜大眼睛，「如此說來，地質公園豈不是有五千個足球場那麼大？這也太厲害了

x 5000

吧！」

　　一直在旁聽着的黃子祺突然腦筋急轉彎，匆匆跑進附近的便利店，一口氣買了好幾瓶果汁飲料。

　　「你買這麼多飲料幹什麼？」胡直好奇地問。

　　黃子祺「嘿嘿」一笑，自以為很

有先見之明的樣子說：「既然地質公園山石處處，我們待會兒說不定還得翻山越嶺，我當然要有備無患啦！」

「這一點我早就猜想到了！」吳慧珠得意地拍一拍背包，「你看，各種飲料、零食、雨傘、手提電風扇等，我都一應俱全呢！」

　　黃子祺取笑道：「你這隻小豬，
吃喝玩樂當然是最在行啦！」

　　吳慧珠有些生氣，正要反唇相
譏，剛好點名完畢的徐老師，朗聲地
向大家宣布：「各位同學，現在你們

可以排隊登船了。」

　　這是一艘能容納三、四十人的小船，正好就是一班同學的數量。

　　船長待大家都入座後，便把船慢慢地駛離碼頭，向着廣闊無邊的大海進發。

　　徐老師站在船艙的最前方，向同學們介紹道：「這艘船的目的地是橋咀洲，沿途會經過地質公園的範圍，我們只要留心兩旁的風景，便可以欣賞到各種獨特的岩石啊！」

　　高立民調皮地向黃子祺眨了眨眼睛，「咔咔」笑道：「你買的飲料，

看來是派不上用場啊！」

「你管我？」黃子祺對他做了個鬼臉，並當場取出一瓶果汁，賭氣地大口大口喝起來。

坐在他對面的吳慧珠，見他一口口地喝得痛快，實在心癢難耐，忍不

住也從背包取出一包薯片，一片片地
偷吃着。

　　至於文樂心和江小柔則雙雙扭着
身子，伏在身後的船舷上，悠閒地眺
望着無際的碧海。

「小柔，我聽說中華白海豚，會不時躍出水面跳舞的呢！」文樂心漫不經心地說。

江小柔目光頓時一亮，滿懷期待

地說：「真的嗎？牠們好可愛呢，如果可以讓我們遇上牠們就好了！」

　　旁邊的謝海詩一臉不樂觀地搖着頭，淡淡地說：「可惜海豚向來行蹤飄忽，想要看到牠們，可得靠點運氣呢！」

　　飄在文樂心和江小柔頭上的幻想泡泡，一下子全破滅掉。

　　文樂心抗議道：「哎呀，海詩你真壞，怎麼總愛澆人家冷水呢！」

第二章　誰是缺德者

　　過了好一會，小船漸漸進入了地質公園的範圍，一些形狀獨特的小島嶼，慢慢呈現在大家眼前。

　　當船隻駛近島嶼的海岸邊時，徐老師指着其中一個陡峭的懸崖，詳細

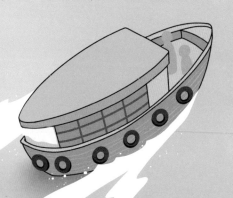

地介紹道：「遠在一億四千萬年前，
這兒曾經發生過一次大規模的火山爆
發。眼前所見的這些六角形石柱，就
是當年從火山口噴出來的物質，經過
億萬年的演變後而形成的。」

這些六角形的石柱，都是一根貼着一根地整齊排列，並且一直延伸到海底深處。從遠處看過去，這一大片岩石就好像是一塊用鋸齒刀切開來的蛋糕似的。

「大自然的力量，真是太奇妙了！」同學們都歎為觀止。

大家都伸長了脖子，按照徐老師的解釋，細心地觀察着眼前這一大片獨特的岩石，唯獨文樂心並未有專心聽講。

她一直目不轉睛地盯着波光粼粼的海面，一心一意地想要尋找白海豚的蹤影。

謝海詩見她仍然不願放棄，禁不住勸道：「白海豚愛安靜，這兒船來船往的，牠們是不會出現的！」

「真的嗎？」文樂心有些失望，

正遲疑着是否應該就此放棄時，坐在對面的馮家偉忽然指着相距數十米遠的海面，疑惑地問道：「你們快來看，那邊的海面上，好像有什麼東西在移動啊！」

大家循着他所指的方向看過去，果然見到有一個小白點，隱約地在水

中載浮載沉。

　然而，小船跟它距離尚遠，無法看清這個小白點到底是什麼東西。

　「咦，這會不會是中華白海豚啊？」江小柔開玩笑地說。

　小柔的話立刻引起一陣哄動，大家「嚯」地一聲，通通跳起身來，取

出相機瞄準小白點，擺出隨時拍照的
姿勢，以便當海豚從海面騰空躍飛的
那一刻，能及時把這完美的瞬間捕捉
下來。

　　然而，那個白色的小點子，一直
未有什麼動靜。

隨着船兒逐漸駛近白色點子，大家漸漸也就看得清楚。這個疑似海豚的白色點子，原來不過就是一個在大海中漂浮的塑膠袋而已。

　　「哎呀！」大家都掃興極了。

　　文樂心既失望又生氣，抿一抿嘴巴道：「是誰如此沒公德心，竟然把

垃圾扔進大海，污染海洋！」

「當然就是那些不守規矩，在船上大吃大喝的傢伙啦！」高立民意有所指地看了黃子祺和吳慧珠一眼。

正捧着薯片吃得津津有味的吳慧珠，發現被大家盯着，頓時渾身不自

在，急忙把薯片往身後一收，紅着臉道：「看我幹嗎，缺德的人可不是我！」

黃子祺被人無辜針對，心中大是不爽，於是故意嗳了一大口果汁，挑戰地反駁：「怎麼了？難道我連喝飲料都不行嗎？」

他這副不合作的態度令人十分反感，謝海詩猛地跳起身來，指着船艙左側方一個不太顯眼的告示牌，一字一句地說：「這兒分明寫着『不准飲食』，你沒看見嗎？」

徐老師回頭一看，見到果然是禁止飲食，於是看了黃子祺一眼道：「我們一定要遵守規則，做一個良好市民啊！」

黃子祺沒奈何，只好不情不願地把飲料收起來，嘴裏卻仍然很不服氣地說：「他們把告示牌貼在這麼隱蔽的地方，誰能看得見啊？」

　　小船終於泊岸了！

　　文樂心興沖沖地拉着江小柔首

先登岸，一踏上碼頭，她們便看見前

方數十米處，有一個面積不算大的沙

灘。

小小的一個沙灘看似普通，但位於沙灘最遠的角落，竟然有一條像極了小狗尾巴的礫石路，長長的延伸至大海，跟附近的一個小島相連接。

文樂心還是第一次見到如此奇特的沙灘，不禁既驚訝又好奇，立刻指着沙灘問：「徐老師，沙灘上怎麼會有一條這樣的小路啊？」

　　徐老師還未及回應，高立民已經搶先答道：「我知道！這是由於海浪帶動岸邊的沙石，經過長年累月沉積而成的！」

　　「說得對極了！」徐老師點頭讚道，「這條小路平日會被海水淹沒，但每當潮退時，它便會露出水面，把橋咀洲和小島連接起來，所以這條小路又名『連島沙洲』。」

「嘩，聽起來挺好玩喔！周志明，我們快去看看！」黃子祺拉着周志明，急匆匆地向着沙洲方向跑，其他愛湊熱鬧的同學，自然也紛紛跟在後頭。

連島沙洲雖然只有短短幾百米長，卻布滿各式各樣的大小岩石，大家都一邊走，一邊低着頭四處尋寶。

周志明指着沙洲旁邊的淺水位置，讚歎道：「這兒的水很清澈啊！連水底裏的小魚兒，我都能看得一清二楚呢！」

「不單止小魚兒，石縫間還有很

多小蟹呢！」黃子祺把手伸進石縫間，

試圖把躲在裏面的小蟹抓出來。經過

三番五次的嘗試後，他終於成功了。

「我抓到了！」他高呼一聲，抓

着小蟹回過頭來，正要向周志明展示

自己的「獵物」，卻恰恰見到謝海詩
正蹲在前方，專心一意地觀察着一塊
岩石。

　　他忽然便計上心頭，躡手躡腳
地來到她身後，打算將小蟹放到她面

前，作為她剛才在船上教訓自己的
「回禮」。

然而就在這時，從沙洲的另一
端，傳來一聲響亮的尖叫聲，令所有
人都不禁心頭一震。

謝海詩的反應最敏捷，立即一躍
而起，轉身向着傳來尖叫聲的方向急
步跑去，根本沒注意躲在自己身後的
黃子祺。

倒是隨後趕上來的高立民，見到
他手上抓着一隻小蟹，頓時眉頭一皺
道：「好端端的，你把小蟹抓上來幹
什麼？我們是來參觀的，不能隨意破

壞生態環境啊！」

　理虧的黃子祺頓時紅了臉，卻仍然強詞奪理地反駁道：「誰說我在破壞？我不過就是想跟小蟹握握手，大

家做個好朋友而已！」

　　然而，他剛說完了這句話，卻冷不防被小蟹螫了一下，痛得他立即鬆手，小蟹便乘機逃之夭夭。

　　見到他這副狼狽的樣子，高立民忍不住哈哈大笑，幸災樂禍地說：「哎

喲，小蟹子不但跟你握手，還
親了你一下，看來牠真的挺喜
歡你這位新朋友啊！」

第四章　寶物大發現

同學和老師遠遠聽到尖叫聲，無不大吃一驚，立刻從四面八方望過去，原來大聲呼叫的人是文樂心和江小柔。

只見她們二人正蹲在海邊的岩石旁，低着頭往水裏探頭探腦的，不知在看什麼。

由於她們身處的位置，正是礫石路的最末端，也即是橋咀洲的海岸邊，所以大家想要走過去，那條礫石路就是唯一的通道。

坑坑窪窪的礫石路十分難走，根本無法走得快，大家都只能乾着急。

吳慧珠一邊往前走，一邊擔心地問道：「不會是有什麼怪物吧？」

周志明故作認真地點點頭道：「嗯，說不定會是一條擱淺了的鯊魚

呢，我勸你還是不要過去！」

「不會吧？」吳慧珠心中一怯，立刻停下腳步，但旋即又白他一眼道：「你胡說八道，這兒的水那麼淺，鯊魚才不會來！」

黃子祺卻是半認真半開玩笑地說：「看她們一直看得目不轉睛，還不時伸手往下淘的樣子，說不定是發現了什麼藏寶箱之類的東西呢！」

距離較近的謝海詩和高立民首先趕到，海詩上前着急地問：「心心，到底發生什麼事了？」

文樂心立刻回頭，指着身旁一塊

大岩石旁邊的淺水區，緊張地說：「你們快來看，那邊的水裏，有一隻海龜被石縫卡住了！」

謝海詩湊上前一看，果然看見一隻全身深棕色、身長大概三十多厘米的大海龜，牠的前腳及龜殼的邊緣，被兩塊大岩石間的石縫卡住，無論怎麼掙扎也掙脫不了。

「牠好像已經受傷了，一副有氣無力的樣子，我們得幫牠一把啊！」謝海詩頓時也着急起來。

　　「真的？」高立民馬上俯下身

去，把一雙手伸入水中，抓住龜殼，然後用盡力氣往後拉，嘗試把海龜從石縫中拯救出來。

然而，龜殼被石縫卡得太牢了，

即使他用盡九牛二虎之力，也無法把海龜拉出來。

文樂心不假思索地走上前，從後面圈住高立民的腰部，海詩和小柔也跟着一個圈住另一個人的腰部，像拔河似的合力往後拉，但海龜仍然紋風不動。

他們頓時束手無策，可是又不忍心袖手旁觀，不禁懊惱萬分。

文樂心望着水中的小海龜，着急地問：「為什麼大岩石就是不肯放過小海龜嘛？難道牠是小石子變的嗎？」

幸好這時，徐老師終於趕來了。

徐老師一看見水中的海龜，立刻驚異道：「噢，這是綠海龜啊！」

她當機立斷地說：「綠海龜是瀕臨絕種的受保護動物，為了保障綠海龜的安全，我們必須聯絡漁護署的人員來處理！」

隨後趕來的吳慧珠、周志明和黃子祺，得知原來是綠海龜後，期望有寶藏的黃子祺，擺出一副失落的表情，逗得吳慧珠哈哈大笑道：「嘿嘿，果然是寶物啊！」

第五章　小海龜受傷了

　　雖然徐老師已經通知了漁護署，但同學們都不放心就此離開，一直坐在海邊的礫石路上守護着小海龜。

　　被夾在石縫間的小海龜，仍然奮力掙扎，但過了一段時間後，牠開始體力不支，動作也就漸漸慢了下來。

　　文樂心看着牠這副軟弱無力的樣子，難過得幾乎要哭了。

　　她蹲在岩石的旁邊，低着頭輕聲細語地安撫道：「小石子啊，小石子，你不用慌，我們一定會把你救出

來的！」

　　江小柔在旁安慰道：「心心，既然你稱呼小海龜做『小石子』，那麼牠必定會像石子一樣堅強，不會有事的！」

好不容易終於等到一艘漁護署的快艇，載着一行四人來到現場，大家總算鬆了一口氣。

其中一位身形高大強壯的大哥哥，率先從快艇上跳下來，笑容親切地向他們打招呼道：「大家好，我是傑哥哥。請問是哪位同學首先發現綠海龜的？」

「是我！」文樂心趕緊走上前來。

是我！

傑哥哥立刻向她查詢綠海龜被發現時的情況，然後再跟同行的三人低聲商量了好一陣子，才正式展開拯救工作。

他們首先安排其中一人跳進岩石旁邊的淺水中，用力穩住海龜的身軀，而傑哥哥及其餘二人，則從快艇中取出一些鐵鎚及鐵鋸等破石工具，嘗試破開石縫間的岩石。

自己的身軀忽然被人捧住，小海龜被嚇住了，着急地撥動四肢想要掙脫，但牠的力氣早在剛才跟岩石搏鬥時，已經消耗掉了，哪兒還有反抗的

力氣呢？

在旁看着的文樂心、江小柔和高立民都很替牠擔憂，可是他們都愛莫能助，只能寄望漁護署的哥哥們能有辦法幫助牠，好讓牠能及早脫離危險。

過了好一會兒，漁護署的哥哥們總算把綠海龜安全地救出來了。

當看到傑哥哥把綠海龜捧出水面的那一刻，在旁圍觀的所有人都欣喜

地歡呼喝采。

　　不過，事情並未就此結束。

　　傑哥哥把綠海龜輕輕地放在地上
後，其餘三人便合力按住牠的四肢，
即時為牠進行全身檢查。

　　忽然被人撈出水面，還被人搬來
弄去的也不知要幹什麼，綠海龜當然

急了，小腦袋不停地左搖右擺，似乎是在擔憂自己的安危。

　　文樂心見到小石子這副驚惶失措的樣子，非常不忍心，很想向傑哥哥查問牠的情況。可是，當她見到傑哥哥為小石子檢查時那張嚴肅的臉，她便不由地退縮了，只好乖乖地站在旁邊靜候着。

　　待到傑哥哥檢查完畢後，文樂心才趕忙上前連聲問道：「傑哥哥，小石子牠怎麼了？」

　　「牠沒什麼大礙吧？」高立民也擔心地問。

傑哥哥看了他們一眼，眼神中透着一絲難過，語帶擔憂地説：「也許是由於綠海龜被岩石卡住了一段時間，牠的四肢有多處受傷，龜背上還有大範圍被刮傷的裂痕，所以我們必須立刻把牠帶走，為牠作緊急治療。」

文樂心聽他説得如此嚴重，心裏也就更不安了，連忙追問道：「小石子會有生命危險嗎？」

傑哥哥無奈地苦笑道：「我暫時無法作出判斷，我們必須使用精密的儀器，為牠作全面的身體檢查後才能

確定。」

　　大家得知小石子的情況後，心中不免都有些忐忑，很想為牠做點什麼，但又無能為力，只能眼巴巴地看着傑哥哥等人帶着小石子，坐着快艇遠去。

　　徐老師知道同學們都放不下心，於是笑着安慰道：「放心吧，漁護署會有經驗豐富的獸醫為小石子治療，牠必定可以安然無恙的！」

　　文樂心明白徐老師只是在安慰大家，但她也只能默默的為小石子禱告，希望徐老師的話能成真。

第六章　牽腸掛肚

　　文樂心對於小石子的不幸事件，
感到既難過又擔憂，即使已經回到家
裏，小石子那副可憐的樣子，仍然在

她腦海中徘徊不去。平日最愛的卡通片，她也提不起勁看，只悶悶地坐在沙發上沉思。晚上睡覺時，還惡夢連連，整夜睡得不安穩。

第二天早上，她帶着一雙熊貓眼回到學校，江小柔一看到她的樣子，就被嚇了一跳，趕緊關心地問道：「心心，你怎麼啦？是生病了嗎？」

　　文樂心沒精打采地說：「昨天

晚上，我夢見小石子來到我的牀前，奄奄一息地跟我說再見，我很難過啊！」

江小柔連忙安慰她道：「做夢而已，怎能當真啊？」

「小辮子你真誇張，小石子有專業的獸醫照顧，怎麼會有問題？」坐在旁邊的高立民受不了她的小題大做。

謝海詩聽到他們的話，忍不住提醒道：「你們為何不找徐老師問問看？說不定她會知道什麼呢！」

「對啊！」文樂心被海詩一言驚醒。

這天早上，徐老師剛踏進教室，文樂心便第一時間舉手問道：「徐老師，請問你知道小石子現在怎麼樣了？牠的情況還好嗎？」

徐老師搖搖頭道：「我也不清楚，不過我相信牠一定會得到最適當的治療。」

「可是，小石子的情況看起來很糟糕，我很擔心牠呢！」文樂心憂心忡忡地說。

江小柔也說：「徐老師，我也很想了解牠的近況啊！」

其他同學也紛紛舉手附和。

徐老師見同學們都如此關心，於是點頭答應道：「好吧，我嘗試找漁護署的人員查詢一下吧！」

不過，徐老師一直沒有再提及此事，善忘的同學們，漸漸也就把此事淡忘了。

這天下午是例行周會，所有同學都齊集禮堂，老師們輪流上台，向同學講述校內的各種動向及注意事項。

然而，對於剛剛吃完午飯的同學

來說，老師的講話無疑就是最佳的搖籃曲。

不知到底是誰首先打了第一個呵欠，然後同學們一個接着一個地跟着打起呵欠來。

在如此昏昏欲睡的氛圍下，講台上忽然多了一位高大的年青男子。

「這個人是誰啊？」半夢半醒的同學們看得一頭霧水，只有文樂心覺

得他有點眼熟。

　　文樂心正思考着這個人是誰的時候，徐老師走到講台上，向同學們介紹道：「今天我們很榮幸能邀請到一位來自海洋館保育中心的獸醫，前來為大家解說如何保護生態環境。」

　　文樂心即時精神一振，馬上睜大眼睛往講台上一看，驚喜萬分地喊：「這位獸醫，不就正是當日把小石子

救出來的那位傑哥哥嗎？」

「沒錯，就是他！」高立民肯定地點頭。

「原來他是海洋館的獸醫，怪不得當天他為小石子檢查時，手法那麼

純熟啊！」吳慧珠恍然地說。

　　江小柔忽然有些不祥的預感，
「糟了，他忽然來這兒，該不會是因
為小石子有什麼不測吧？」

　　「不會吧？」文樂心、吳慧珠和
高立民的臉色都變了。

第七章　救龜小英雄

　　正當大家都十分忐忑地望着台上的傑哥哥時，傑哥哥卻不慌不忙地打開投影機。

　　熒幕上立刻展示了一份設計十分精美的簡報，而簡報的第一頁，只有數個大字，寫着「香港生態環境」。

　　原來傑哥哥此行，是為大家介紹香港的自然生態，而不是他們所想的壞消息！

　　文樂心等人一直繃緊着的神經，總算可以放鬆下來了。

周志明拍了拍胸口，有點馬後炮地笑着道：「我都說嘛，你們真是太愛胡思亂想了！」

傑哥哥微笑着跟大家打了個招呼後，便開始進入正題，「很多人都會有一個錯覺，以為在人口稠密的大都市中，不會有什麼自然生態，但其實不然。今天就讓我來帶大家去遊覽一下吧！」

透過傑哥哥簡報上的照片，大家才知道原來除了地質公園外，香港還有許多別具特色的生態環境，譬如紅樹林濕地、多個海岸公園等。

傑哥哥說的話既親切又有趣，同學都聽得十分投入。

　　就在這時，傑哥哥忽然按了一下按鈕，簡報上出現了一段影片，而這段影片中的主角，竟然正是小石子！

「是小石子哦！」文樂心驚喜地大喊。

　　站在講台上的傑哥哥似乎也聽到文樂心的叫聲，回頭向文樂心的位置微笑着點了點頭，才接着説道：「上月的某一天，這隻小

海龜，不幸被來往的船隻撞傷了。負傷的牠，本來是打算游到橋咀洲附近的海域歇息，誰料牠一不小心，身體被岸邊的岩石卡住，動彈不得，真是禍不單行。」

他欣慰地一笑道：「幸好這個時候，有一位善良的小女孩發現了，牠才幸運地得以獲救。而這位勇救海

龜的小英雄，就是你們當中的一位同
學。」

　　霎時間，全場掌聲雷動。

　　不知內情的同學一邊拍掌，一邊
左顧右盼，很好奇這位救龜女英雄到
底是誰。

　　文樂心被嚇得垂下頭來，不敢跟
人羣的目光相接，並隨即向知情的同

學們打着手勢，示意他們別張揚。

　　然而，愛搗蛋的黃子祺卻不想錯過出風頭的好機會，偏偏一躍而起，滿臉自豪地指着旁邊的文樂心道：「這位救龜英雄，就是我們班的文樂心啊！」

　　同學們頓時起哄，紛紛向着文樂心的方向望過來，想看看這位英雄的廬山真面目。

　　文樂心一張臉頓時漲得通紅，一邊尷尬地笑着向大家點着頭，一邊低聲地罵道：「黃子祺，你這個出賣朋友的傢伙！」

　　黃子祺很不以為然地聳聳肩道：
「這是好事啊，又不是什麼見不得人
的醜事，有什麼好隱瞞的？」

文樂心生氣地說:「你真討厭!」

正當大家還在興高采烈地談天的時候,台上的投影機開始播放一段影片。

當大家看到影片中的畫面時,剛才那些開心的心情,一下子都消失無蹤了。

第八章　可怕的真相

怎麼回事？他們到底看見什麼了？

原來拍攝這段影片的，正是負責為小石子治療的醫生團隊。

從影片中可以看到，醫生們為了要確定小石子的身體狀況，曾先後採用了電腦掃描及內窺鏡等先進的醫療

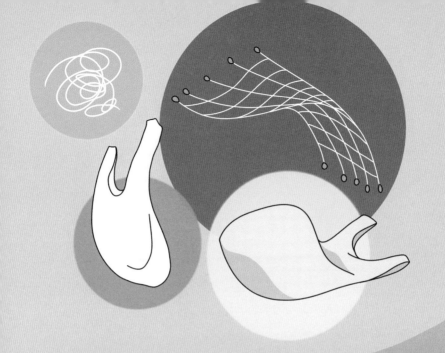

　儀器，來為牠作詳細的檢查。

　　然而，他們透過這些先進的儀
器，發現小石子的腸道中，竟然堵塞
着許多塑膠、魚網及魚絲等異物。

　　同學們看到眼前的畫面，都無不
被這個殘酷的真相所震撼了。

「小石子太可憐了！」文樂心更是難過得別過臉去，不忍再看下去。

「這些垃圾，到底是從哪兒來的？海龜為什麼會把垃圾吃進肚子了？」有人不解地問。

「因為這些漂浮在海洋中的塑膠袋，看上去跟綠海龜最愛吃的水母很像。」傑哥哥苦笑着解釋。

傑哥哥語氣一頓，又接着說：「我們這些城市人，很多都有隨手扔棄垃圾的壞毛病。也許他們認為，反正有清道夫負責清潔，丟一點垃圾在地上

也無傷大雅。然而事實上，在這些垃圾當中，有一部分會被強風或大雨捲進大海，尤其是在狂風暴雨的日子。垃圾在大海裏隨水漂流，不但污染了海洋，更會被海洋生物誤以為是食物而吃進肚子，危及牠們的生命。」

文樂心不禁驚喊道：「原來我們隨手丟棄的垃圾，會變成傷害牠們的兇器，那麼我們豈不是間接成為了兇手？」

聽到「兇手」二字時，大家心頭都為之一震。大家的第一個反應，都是覺得文樂心太誇張。但當他們仔細一想：難道自己從沒使用過塑膠用品，沒喝過塑膠瓶裝的飲料嗎？誰能保證自己所扔掉的垃圾，都沒有被帶進海洋裏去？

傑哥哥也點點頭道：「把大家說成是『兇手』，似乎是有些不妥。但如果情況持續，我們可以想像，終有

一天，我們的海洋裏，便再也找不到任何生物了！」

黃子祺想起自己去橋咀洲旅遊當天，也喝了不少塑膠瓶裝的飲料，頓時慚愧得連頭也抬不起來了。

傑哥哥見大家都被這個驚人的真相嚇倒，於是又微笑着安撫道：「不過，值得慶幸的是，在我們保育團隊的悉心照顧下，小石子已經脫離了危險期，只要繼續為牠進行治療及護理，牠是會康復過來的。」

聽到這個好消息，大家都高興地拍掌讚好，沉重的氣氛總算略為緩和。

然而，大家仍然被一陣奇怪的低氣壓所籠罩，講座結束回到教室後，同學們都不約而同地沉默了，教室裏是異常的寧靜。

文樂心沉思了好一會後，舉手向徐老師提議道：「徐老師，我想為保護動物及生態環境出一分力，可以嗎？」

「我們也想參與啊！」江小柔和高立民等同學也紛紛表示支持。

「很好。」徐老師讚許地點點頭，「你們認為可以做些什麼呢？」

謝海詩不慌不忙地說：「其實

很簡單，只要每個人外出時，都能養成自備餐具、水瓶、毛巾及環保袋等好習慣，便必定可以減少使用即棄產品。」

　　高立民揚了揚眉，一臉疑惑地說：「這個道理誰都懂得，但具體應

該做些什麼，才能讓所有人都能切實地養成這些習慣呢？」

　　文樂心思考着道：「或許，我們可以在學校推行垃圾分類回收，這樣可以培養大家妥善處理垃圾的習慣。」

謝海詩立刻補充道：「我們還可以加入賞罰制度，令大家更積極！」

　　「嗯，這個主意不錯！」徐老師點點頭，「那麼，你們誰願意負責此事呢？」

　　謝海詩跟文樂心有默契地對望了

一眼，然後主動提出道：「就由我和心心一起負責統籌吧！」

　　高立民也搶着道：「我可以幫忙將學校的垃圾桶，改成不同的回收桶！」

　　黃子祺和胡直等男生自然也不甘落後，趕緊表示要幫忙。

吳慧珠揚一揚手道：「我可以負責寫一篇文章，向大家推介如何吃得環保。」

江小柔也急忙接着說：「我可以設計一張宣傳海報！」

「我們也可以幫忙啊！」周志明、馮家偉和李海沙也紛紛加入。

一時間，大家都熱血沸騰。

徐老師見同學們反應如此踴躍，於是欣然答應道：「好吧，我先跟羅校長商量一下，如果羅校長同意的話，你們就按照計劃進行吧！」

第九章　眾志成城

難得同學們能有保護生態環境的決心，羅校長自然是大力支持。

於是，一場眾志成城的環保大行動，立即在整個藍天小學全面展開。

也許是因為心中有愧，黃子祺表現得最為積極，在活動還未正式宣布開始前，他早已預先準備了一大疊藍色、黃色及深棕色的顏色紙，並以黑色的粗蠟筆，在每張紙上分別寫上：「廢紙」、「鋁罐」及「塑膠瓶」等字樣。

　　而高立民、胡直和周志明等男
生，當然也不會閒着。

　　首先，他們合力把校園內所有的
垃圾桶收集起來，把垃圾桶重新安放
在方便使用的位置。

　　然後，再把黃子祺製作的顏色
分類紙，按類別逐一貼在垃圾桶的兩

側，令所有人都一目了然。

　　至於文樂心和江小柔二人，就更是合作無間，一個負責寫字，一個負責繪圖。不消片刻，她們便起草了一張特大的宣傳海報，只待把海報上色，一切便大功告成。

　　這時，文樂心和江小柔剛好離開

座位去找顏料，高立民上前一看，只見海報的上方寫着一句簡單的口號：「未來海洋，盡在你手。」而下面則是一幅繪畫了各種海洋生物的插畫。

　　他看着看着，忽然就想出一個鬼主意，竟然就提筆在海報上畫了起來。他一邊畫還一邊「咔咔咔」地笑起來，引來其他同學上前圍觀。

　　文樂心和江小柔剛好回來看到，立刻出言喝止：「唏！高立

民，你在搞什麼亂？快住手！」

可惜已經太遲了。

她們低頭一看，只見高立民在
宣傳口號下面，歪歪斜斜地寫着一行
字：「要好好保護生態環境，否則，
請小心手指頭！」

在文字下面，他還草草地配上了

一幅小插圖，插圖上畫着一個被蟹夾住手指頭，正在哇哇大哭的小男生。

吳慧珠覺得這個小男生挺面熟，於是指着畫中人，好奇地問：「這個小男生是誰啊？」

黃子祺一看便知高立民是在取笑自己，即時火冒三丈，大喝一聲道：「高立民，你找死嗎？」

高立民見情況不妙，笑着大喊一聲：「胡直，救我呀！」然後敏捷地躲到胡直身後去了。

黃子祺不及胡直高大，沒高立民的辦法，只好隔着胡直向他喊話：「躲

要好好保護生態環境，否則，請小心手指頭！

在別人身後算什麼英雄好漢？有本領的話，就跟我公平決鬥！」

躲在胡直身後的高立民不理睬他，只伸出半個頭來向他吐了吐舌頭，黃子祺氣得跺腳。

胡直無辜受牽連，只好笑着勸道：「兄弟，君子動口不動手啊！」

馮家偉托了托眼鏡，加入勸道：「為免傷了和氣，不如這樣吧，你們一起收集廢紙及塑

膠瓶，以一日為期，以收集得最多者為勝，如何？」

高立民從胡直身後探出頭來，笑嘻嘻地說：「這個有意思，我贊成！」

黃子祺雙手交疊胸前，毫不猶疑地答：「好呀，來就來，難道我還會怕你不成？」

周志明聽得他們要比拼，立即自告奮勇地拍一拍胸口道：「好啊，就讓我來充當評判吧！」

高立民和黃子祺瞄了周志明一眼，都沒有要反對的意思，於是周志明便煞有介事地站上講台，宣布比賽

正式開始。

　　為了不輸給對方，二人都不敢怠慢，馬上找來一個大袋子，爭相跑出三樓的教室，開始各自尋找垃圾。

　　高立民一口氣跑到地下的操場，半蹲着身子仔細尋找，即使是種在旁邊的花叢及耕地也不放過。他十分幸運，很快便找到了好幾張廢紙。

　　當高立民來到接近操場盡頭時，

眼尖的他發現前方的喝水機旁邊，有
一個汽水罐落在暗角處，於是立刻快

步上前，正要把它拾起來之際，竟突然有人從後伸手，一手將汽水罐拾了起來。

這人不是別人，正是黃子祺！

　　「汽水罐是我先看到的！」高立
民生氣地說。

　　「看到又如何？要到手才算數

啊！」黃子祺捧着汽水罐得意地晃動着，氣得高立民臉都紅了。

高立民很生氣，立刻加快腳步繞過黃子祺，向着另一個方向走去，但黃子祺仍然如影隨形。

就這樣，他們肩碰肩地滿校園的巡遊，一個教室接着一個教室地去找垃圾。

其他不知情的同學見他們如此忙碌，都熱心地上前幫忙。漸漸地，同學們都被這氣氛感染，一時竟令整個校園的學生，都在自發地大掃除，把

整個校園都清潔了一遍。

　　這個難得一見的情景，不但令羅校長和老師們感到意外，連工友姨姨也不禁覺得驚奇呢！

第十章　最佳的方法

　　團結果然就是力量，黃子祺和高立民在全校同學的協助下，他們所收集的廢紙及塑膠瓶，比他們所想像的多，二人都滿載而歸。

　　當他們回到教室後，黃子祺第一時間把手上那袋「寶貝」往地上一放，洋洋得意地對周志明說：「你是評判，就請你來替我們數一數，看看我們到底誰勝誰負吧！」

　　周志明低頭看了看地上那兩袋滿滿的「寶貝」，呵呵一笑，然後一

本正經地搖搖頭道：「你們有全校的同學出手幫忙，並非獨力完成比賽，所以為了公平起見，這些都不能算數！」

黃子祺霎時臉色一變，不悅地說：「不是吧？我辛辛苦苦當了半天苦力，怎麼能不算數？」

高立民也有點不樂意地努着嘴巴說：「你隨便說取消就取消，那我們豈不是白忙一場了嗎？」

「呵呵！怎麼會是白忙呢？」一把聲音忽然傳出，「全因為有你們的身體力行，才能感染全校的同學，令大家都願意陪你們一起清潔呢！」

大家回頭一看，「哎呀，原來是羅校長！」眾人都很訝異。

羅校長欣喜地繼續說道：「你們

只花了短短半天時間，便已經將如何保護生態環境的信息，完美地傳達到每一位同學心中，這絕對是你們的功勞！」

　　能得到羅校長一句誇讚，遠比任

何獎項都來得更有說服力，同學們都不約而同地為黃子祺和高立民歡呼喝采。

　　無意間成為了大家眼中的英雄，黃子祺和高立民自然是喜出望外，立刻擺出一副明星的樣子，

威風凜凜地向大家微笑着揮手致意。

不過短短數分鐘的時間，他們倆便把二人間的勝負恩怨，忘記得一乾二淨。

身為這次環保活動發起人的文樂心，更是樂不可支，她興奮地舉起雙手喊道：「耶！我

總算能為小石子盡了一分力呢！」

　　江小柔也雙手合十，感動萬分地說：「是啊，怎麼也沒想到，在他們兩人誤打誤撞之下，這次活動居然有如此大的成效。但願同學們都能持之以恆，讓環保成為大家生活的一部分就好了！」

　　謝海詩揚了揚眉道：「放心吧！如今校園內的垃圾桶，已經被我們改裝成回收箱。從此以後，所有人都要學習按照分類來處理垃圾，日子久了，大家便自然會養成良好習慣。」

　　剛偷吃了一顆巧克力的吳慧珠，

走到教室門前的廢紙回收箱前，把剩
下的包裝紙放進去，還故意慢動作地
邊放邊說：「要保護環境其實一點也
不難，大家只要在丟垃圾前，多花幾
秒鐘的時間把垃圾分類，將垃圾放進

合適的回收箱裏就可以了。你們看，多容易啊！」

「等一下！」謝海詩忽然緊張地把她喊停，「你這個做法是錯的！」

吳慧珠呆了一呆，問道：「為什麼？」

「這些零食的包裝紙，一般都含有塑膠或鋁箔等物質，無法回收再用！」謝海詩裝出一本正經的樣子，「你要環保其實很簡單，只要你從今以後，決心跟零食絕交，什麼零食也不吃，不就可以一了百了嗎？」

「我才不要！」吳慧珠即時扁

起嘴巴反對，以一副無比委屈的表情
道：「如果連零食也不讓我吃，那麼
我還有什麼人生樂趣呢？」

　　吳慧珠這副難受的表情，實在
是太有趣了，逗得大家都哈哈大笑起
來。

第十一章　捨不得說再見

在往後的幾個月裏，文樂心等人仍然不遺餘力地持續宣傳，令保護生態環境這個概念，在不知不覺間，逐漸走進每位同學的心中。

現在藍天小學的同學們，不但已經習慣了將垃圾分類，在外出遊玩的時候，也能自發地自備環保袋、餐具、水瓶、小吃等，減少了許多在外購買零食及飲料的機會。

黃子祺搖晃着自己的錢包，充滿成就感地說：「我已經有好幾個月沒

有購買飲料，省下來的零用錢，已經
足夠我購買一部新模型飛機呢，實在
是太棒了！」

　　「對啊，我盼了很久的立體恐龍
拼圖，這次終於有機會買了！」周志

明雀躍地說。

　　吳慧珠驕傲地揚一揚手，得意地笑着說：「我比你們好多了，除了學會儲蓄外，體重更因此而減輕了不少，真是一舉兩得呢！」

　　文樂心也很替他們高興道：「沒想到除了環保，大家還能有意外收穫，真是太好了！」

這天早會的時候，徐老師一走進教室，便立刻開啟投影機，原來今天藍天電視台有特備的直播節目呢！

節目一開始，負責主持的張佩兒，立即一臉興奮地向大家宣布道：「各位同學，今天我們特地製作這個直播節目，就是要告訴大家一個好消息：經過了半年的時間，一直讓我們牽腸掛肚的小石子，在保育中心的獸醫們的悉心照料下，如今終於完全康復，可以回歸大自然了！」

張佩兒此話一出，整個校園都歡聲四起。

　　首先發現小石子的文樂心，心裏
會有多感動，自然更是不言而喻。

　　張佩兒停頓了一下後，又接着
說：「前陣子，在一個晴朗的早上，
保育中心的人員，已經把小石子送回
家去了！」

　　這時，鏡頭一轉，熒幕上開始
播放一段影片。影片中播映着的，正
是保育中心的人員帶着小石子乘船出

海，讓小石子回歸大海的整個過程。

　　小石子剛躍進泱泱的海裏後，四肢便立刻靈活地撥動起來，三兩下子便游得不見蹤影了。

　　當文樂心見到牠這副快活的模樣

時，她的心情頓時有些複雜。因為連她也搞不清楚，自己到底是為牠能重獲自由而高興，還是為要跟牠告別而難過。但無論如何，她也暗暗地為牠許願：「小石子，再見了！祝福你和你的家人，永遠平安快樂！」

當天下午放學時，天空忽然變得陰暗，還不時颳起陣陣強風，把文樂心的小辮子吹得亂蓬蓬一片。

回家後，文樂心收看電視新聞報道，才得知原來是有颱風來襲。

天文台已經懸掛了三號強風信號，並且預測颱風的威力非比尋常，

將於未來的二十四小時內，正面吹襲
香港。

　　文爸爸和文媽媽得知颱風來勢洶
洶，都十分緊張，在家裏忙碌地做好
防風措施。

　　當天晚上，颱風果然來了。

　　颳得呼呼作響的狂風，帶着如箭般尖銳的雨點，猛烈地向着一幢幢大廈襲來。那一下接着一下的雨聲，

就好像有萬千隻大手在同時拍打着窗
戶，把小小的一扇窗子拍得劈啪響。

　　文樂心憑窗而立，眺望着窗外的
風雨，只見街道上早已不見一個人影，

路邊的垃圾桶及雜物都被強風吹得東倒西歪，重量較輕的廢紙及膠袋等雜物被吹至半空，在空中隨風飄盪。

「但願這些雜物不會飄進大海，否則海洋裏的生物，又將要面臨另一場浩劫了！」文樂心在心中祈願。

第二天一覺醒來，風暴早已散去，文樂心跟爸爸媽媽坐在客廳，一面吃早餐，一面收看電視新聞報道昨夜颱風吹襲各區時的情況。

就在這時，一則新聞吸引了她的注意：「經過一夜的狂風暴雨，全港各區的沙灘，都無可避免地堆滿許多

被大風雨吹倒的樹枝、垃圾及雜物。由於現時正值綠海龜的繁殖季節，環保團體呼籲各界人士，前往有海龜出沒的南丫島沙灘當義工，協助清理工作，以免對牠們的繁殖造成影響。」

文樂心聽得心頭一動，毫不猶疑地指着電視熒幕，主動向爸媽提出道：「爸爸媽媽，我想到南丫島做義工！」

第十二章　她和牠的約定

　　這個周末的早上，文樂心、江小柔、高立民、胡直、黃子祺等幾家人，浩浩浩蕩蕩地來到位於南丫島的一個沙灘，參加由環保團體舉辦的義務清潔工作。

　　颱風過後的天空是格外的晴朗，太陽光把沙灘上的沙粒，照耀得像一顆顆鑽石般閃亮。

　　對於平日絕少參與戶外活動的城市人來說，撿拾垃圾這種工作，本來就不容易，現在還要在猛烈的日照下工作，無疑是百上加斤，清潔工作開

　始了沒多久，大家便已汗流浹背。

　　然而，沒有人抱怨，也沒有人
要求休息。大家仍然提着長長的鐵鉗
子，低着頭，務求把沙灘上的每一件
垃圾及雜物，都一一放進竹筐裏去。

　　高立民忽然靈機一觸，指着自己

手上的竹筐，帶着挑戰的口吻對身後
黃子祺說：「上次我們的比拼沒有分
出勝負，不如我們今天再來比一場，
如何？」

　　原本還一臉疲態的黃子祺，馬上
精神一振，爽快地一口答應道：「好

呀，這次我一定要讓你輸得心服口服！」

黃子祺話剛說完，立刻急步越過高立民，讓自己能搶在前頭，而高立民當然亦不甘示弱，連忙趕上前去。

在場的其他義工們見他們如此勤快，也不好意思太落後，於是手腳也不由自主地加快了。

結果，他們在短短一個上午，便已經把整個沙灘清理得乾乾淨淨，比大會預期的時間，提早了足足兩個多小時。

那麼，高立民和黃子祺的比拼，

到底又是誰勝誰負呢？

要分出勝負，當然就要把他們的「收穫」，一件不漏地數算一遍。

不過，如此令人厭惡的工作，高立民可不願意做。

於是，他指着自己那一籮筐的垃圾，裝出一臉大公無私的樣子對黃子祺說：「你不是很想知道賽果嗎？為了公平起見，不如就由你來親自點算吧！」

黃子祺也不笨，自然不會上他的當，嬉皮笑臉地回敬他一句道：「你的數學不是一直很好嗎？應該由你來

點算才好！」

　　比賽的結果就在他們兩人推來讓去之間，再一次成為不解的謎團。

　　也許是忙了一整天，又或許是因為放下了心頭大石，這天晚上，文樂心很快便入睡，而且還做了一個夢。

　　在夢裏，她再次見到小石子來到
她的牀前。

　　不過，這次的小石子看起來精神
飽滿，並對她微微一笑，一臉感激地
説：「心心，很感謝你救了我！待我

長大以後，必定會再回來探望你，希望到時候你還會記得我！」

　　「好呀，我們一言為定！」文樂心伸出手來，與牠的大前腿輕輕一握。

　　安睡中的文樂心，臉上展露出一絲既愉悅又欣慰的微笑。

鬥嘴一班 學習系列

- 每冊包含《鬥嘴一班》系列作者卓瑩為不同學習內容量身創作的 全新漫畫故事，從趣味中引起讀者學習不同科目的興趣。
- 學習內容由 不同範疇的專家和教師 撰寫，給讀者詳盡又扎實的學科知識。

本系列圖書

英文科
漫畫故事創作：卓瑩
學科知識編寫：Aman Chiu

最新出版
英文填字王

精心設計 36 個英文填字游戲，依照生活篇、社區篇、知識篇三類主題分類，系統地引導學習，幫助讀者輕鬆掌握英文詞語。

中文科
漫畫故事創作：卓瑩
學科知識編寫：宋詒瑞

成語　　　　錯別字

兩冊分別介紹成語的解釋、典故、近義和反義成語；以及常見錯別字的辨別方法、字義、組詞和例句，並提供相應練習，讓讀者邊學邊鞏固知識！

常識科
漫畫故事創作：卓瑩
學科知識編寫：新雅編輯室

透過討論各種常識議題，啟發讀者思考「健康生活、科學與科技、人與環境、中外文化及關心社會」5 大常識範疇的內容。

數學科
漫畫故事創作：卓瑩
學科知識編寫：程志祥

精心設計 90 道訓練數字邏輯、圖形與空間的數學謎題，幫助讀者開發左腦的運算能力和發揮右腦的創造潛能。

各大書店有售！　　定價：$78 / 冊

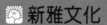

鬥嘴一班
再見小海龜

作　　者：卓瑩
插　　圖：Alice Ma
責任編輯：葉楚溶
美術設計：陳雅琳
出　　版：新雅文化事業有限公司
　　　　　香港英皇道 499 號北角工業大廈 18 樓
　　　　　電話：(852) 2138 7998
　　　　　傳真：(852) 2597 4003
　　　　　網址：http://www.sunya.com.hk
　　　　　電郵：marketing@sunya.com.hk
發　　行：香港聯合書刊物流有限公司
　　　　　香港荃灣德士古道 220-248 號荃灣工業中心 16 樓
　　　　　電話：(852) 2150 2100
　　　　　傳真：(852) 2407 3062
　　　　　電郵：info@suplogistics.com.hk
印　　刷：中華商務彩色印刷有限公司
　　　　　香港新界大埔汀麗路 36 號
版　　次：二〇二〇年十月初版
　　　　　二〇二二年十一月第二次印刷

ISBN: 978-962-08-7632-5